# 함께 건너는 세상

소림량정 글·그림
석 원 연   옮김

들꽃누리

예쁘게 핀
꽃을 보고
좋아하기 전에

그 꽃을 피운
뿌리의 은혜도
잊지 마렴.

꾸밈없는 길가의 지장보살님
어릴 때부터 무척 좋아해 들꽃을 따 보살님께 살짝 올리면
엄마는 언제나 빙긋 웃으며 보아주었지.
여승되어 인도를 여행할 때 친구가 보내준 편지 속에
예쁘고 예쁜 지장보살님이 나를 반겨 안아주시는 거야.
참으로 마음이 편안해지고 나도 지장보살님과
삶을 같이 하고파 말하니 그녀는 '좋아요' 반겨주었어.
이후부터 지장보살님과의 대화가 시작된 거야.
그녀 덕에 내 마음속에 새롭게 움튼 지장보살님.
지금 내 나이 여덟 살, 항상 새로이 끊임없이 태어나네.
쪽지나 책의 모서리에 '잘 먹었습니다' 인사말 대신
그림 하나 그려주면 모두들 밝은 얼굴.
말쟁이 여승되어 슬픈 일이건 기쁜 일이건 헤아릴 수 없이 많아도
지장보살님과 함께 하는 순간부터 마음도 얼굴도 환하게 웃고 있다네.
지장보살님의 힘 ! 그 큰 힘 빌려 모두에게 사랑 받으며
고마워하는 마음과 미안한 마음 듬뿍 담아 지장보살님과 얘기 나누네.

용기를 내어
또 한 번

모두가
같은 마음에
새로운 감동 !

실패하면
또다시 시작하면
되는 거야

몇 번이고 몇 번이고
시작하고 시작하고
또다시 시작하면.

부부란
애인이고 친구이며
영원한 마음의 동반자

소원이 있어
우리 모두 모였어요.

꽃은 화려히 피어도

꽃은 핌히 무심

마음의 꽃을 피운 나 역시 무심

# 해바라기님

물과 태양과 흙
모두
내 반려자,
나 혼자서는
피지도 피우지도 못한다네.

## 부모와 자식

손에 손잡고
함께 와
합장하며 고개 숙이네.

염불 한 번 할 때마다
마음 속에 깃드는 부처님
나무, 나무, 나무….

네게 다가가

나를 만나면

자연히 마음이 편안해져

누구에게도 할 수 없는 말
너와 나만은
속삭일 수 있잖아.

소곤
소곤

헤매이지도 허둥대지도 말고
다시 한 번
자세를 바르게 하고 생각해 보렴.

넘어지면
일어나면 되는걸.
그리도 간단한 것을.

고통을 벗어나면
즐거움이 있지.

당신을 언제나 보고 있어요,
당신을 제일 좋아하니까.

모두
웃는 얼굴로 시작해요.

영업의 세월,
늘 목표를 갖고 살아.
내 모습은 작을지라도
꿈과 희망은 크고 커
그려보고 생각해 보고
용기내며 살아가지.

# 꿈

이것도 하고 싶고 저것도 하고 싶은
큰 꿈 하나 가득
이것도 그려보고 저것도 그려보며
노력하고 노력하는 거지.

꼭 꽃을 피우고 말 테야.
실패하고 막혀도 다시 시작하고
넘어지면 다시 일어나고
그 얼마나 아름다운가, 너의 그 강한 모습.

# 나무아미타불!

고뇌할 때, 무리할 때, 위험할 때,
절망하여 앞이 캄캄할 때, 아무것도 아닐 때

부처님은 언제나 곁에서 보아주시네, 살펴주시네.
고맙고 또 고마울 따름이지.

# 마음

혼자서만 살아가는 것이 아니니까
모두 다같이 행복을 나누며 살아가야 하지.
너무 욕심부리지 말아,
작은 일로 성내고 화내지도 말아.

항상 부드러운 말, 웃는 얼굴로
깊이 생각해서 좋은 길 이끌어 주시니
그 길 따라
한 발짝 한 발짝 걸어가야지.

# 나무

큰 나무
몇 겁이나 살아
이 세상을 보았는가.

여름에는
그늘 만들고,
가을에는
고운 색깔을 입네.

# 첫째

제일먼저 뛰라,
첫째에도 여러 가지가 있으니
참 재미있어.

그리 뛰어

무엇을 얻었을까?

참 귀엽기도 하지.

## 산사

달빛, 황금빛 찬란히 내리는 산사의 밤
내 마음 속에도 가득해
산문이란 이런 것인가.

화가 나면
화내기 전에
거울 속에 비친
자신의 모습을 보렴.

예쁘게 핀 꽃을 보고
좋아하기 전에
그 꽃을 피운
뿌리의 은혜도 잊지 마렴.

어떠한 일이 있어도
엄마는 언제나 기다리고 있으니
돌아갈 곳 있는 나의 세계

그 어떤 것도
대신할 수 없는 자기,
용기를 내어 봐.

一心一道

## 함께 건너는 세상

처음 박은날 : 1999년 11월  1일
처음 펴낸날 : 1999년 11월 10일

지은이 : 소림량정
옮긴이 : 석원연
펴낸이 : 김영식

펴낸곳 : 도서출판 들꽃누리
서울시 종로구 숭인동 72-70 연남빌딩 4층
전화 : (02)3672-1387      팩스 : (02)762-1387

등록 : 1999. 6. 5(제1-2508호)
© 석원연, 1999
ISBN 89-950593-1-1